AF233355

LE DONNEZ-VOVS GARDE DV TEMPS QVI COVRT.

A PARIS,

M. DC. LII.

LE
DONNEZ-VOUS
GARDE DU
TEMPS
QUI COURT.

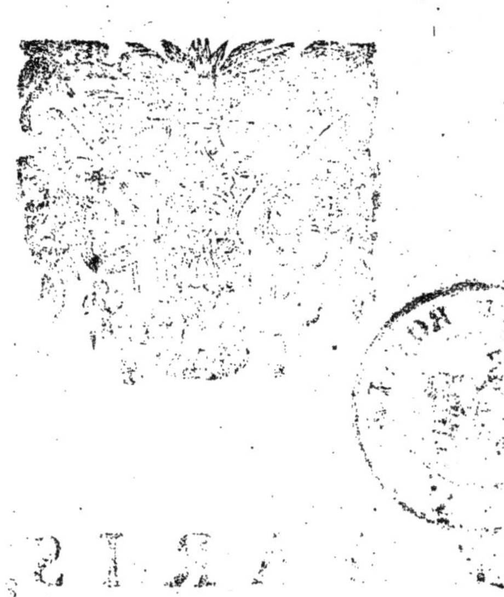

A PARIS

M.DC.III.

LE DONNEZ-VOVS GARDE DV TEMPS QVI COVRT.

O La viciſſitude eſtrange,
Toutes choſes courent au change,
Le ferme eſt fondé ſur le poinct,
Autres-fois on ne voyoit point
Tant de Crocheteurs par le monde,
De vigilans faiſeurs de rondes,
De porteurs de paquets pliés,
De faiſeurs de bonadiés,
Tant de faineans par les ruës,
Des queſteurs de franches repuës,
De Sires Ieans eſcornifleurs
De pipeurs de dez, d'enjolleurs,
De frantaupins, de frippelippes,
De Moynes Laics, de franc-atripes,
De bouffons, de ſots, de cocus,
De truchements, courtiers de culs,
De Charlatans, planteurs de bourdes,
D'hypocrites, de limes ſourdes
De chicaneurs, de patelins,

De trompeurs, de maiſtres Gonins,
De rabilleurs de pucelages,
De faiſeurs de faux mariages,
De nourrices auant le temps,
De plaiſants, de rogers bon-temps,
De flannieres, de macquerelles,
De faiſeurs de laict aux mammelles,
De faux-teſmoins, faux rapporteurs,
De fabuliſtes, de menteurs,
De ſemeurs de fauſſes ſciences,
D'eſcarmoucheurs de conſciences,
De corrupteurs de Magiſtrats,
Bref mille & mille autres fatras,
Qui pullulent parmy les hommes,
En ce maudit ſiecle où nous ſommes,
N'empoiſonnoient l'antiquité,
La Deeſſe de vérité,
Sur ſon Cube eſtoit toute nuë :
Iuſtice marchoit retenuë,
Sans colere, faueurs, ny choix,
Au gouuernement de ſes Loix,
L'horrible Vipere d'enuie
De l'Enfer n'eſtoit point ſortie,
La Nobleſſe aymoit la vertu,
Le Noble en eſtoit reueſtu,
C'eſtoit ſon Clinquant : ſon Pannache,
Son pend oreille, ſa mouſtache,
L'Egliſe en ſa ſplendeur eſtoit,

Et

Et dedans ses flancs ne portoit
Tant de seruiteurs d'elizées
Sa robbe n'estoit diuisée,
Par des Simons Magiciens,
Et l'on ne donnoit point aux chiens,
Le pain des enfans legimes
Le Pasteur mesnageoit ses dixmes,
Sans les bailler aux hommes laix.
Mais sus donc, pronons nos balaiz,
Balions toutes ses ordures,
Ostons premier ses charges dures,
Ses porteurs de nouueaux Capots,
Subsides, emprunts, & imposts
Ces Fermiers, & ces monopoles,
Ces chaude-pisses, ces veroles,
Des raptasseurs de nez pourris
Vers bleds par les camars deuis,
Ces Gilles lans, ces carrelages,
Et autres tels maquerellages,
Sources de tant de potions,
De poudres, de decoctions,
De diettes de robbes grises,
Et de semblables marchandises,
Qui purgent la bourse & le corps,
Chassons en mesme temps dehors
Ces subtiles Reuenderesses,
Ces Lampronieres manieresses,

Que faisant semblant d'apporter
A Madame, pour acheter
Quelque chaisne d'or singuliere,
Ou luy leuer sa penilliere,
Luy racoutrer son bilbouquet,
L'entrefesson, & le brisquet,
(Car ce sont là leurs doctes termes)
Ces croche-cons à bouches fermes
Entremeslent par leurs discours
Mille petits propos d'amours,
Et mettant la main sur la motte,
Glissent les poulets sous la cotte,
Chassons encor, jettons en l'eau
Ces vieilles lampes de Bordeau
Mammelles molles & fannées,
Comme veslies surannées,
Culs de Postillon endurcis,
Cols de Cycoigne retrecis,
Dents deschaussées & pourries,
Arrengées en dents de scies,
Nez morfondus, yeux enfoncez,
Vieils fronts ridez & replissez
Comme vn garde-cul de village,
Vieille perruque à triple estage,
Poictrine de maigre pourceau,
Vieilles eschines de chameau,
Ventres pendans, jambes de lattes,

Croupions pointus, & fesses plates,
Vieilles lanternes de Conuents,
Vieils Havres ouuerts à tous vents,
Vieilles masures ruïnees,
Vieilles barques abandonnees,
Vieilles granges, vieils culs rompus,
Vieils fleaux dequoy on ne bat plus,
Vieilles braguettes, vieilles braques,
Vieilles caisses, & vieux cabats,
Vieils estallages, vieils haras
Vuidez, sortez, vieille antiquaille
Vous ne seruez de rien qui vaille,
Ballons encor fermement
Ces reuendeurs d'entendement
De memoire artificielle
Ces esponges de Damoiselle
Leurs fards, leurs peignes, leurs miroirs,
Leurs affiquets, leurs esuantoirs
Leurs petits chiens, excuse-vesses
Leur brusque branlement de fesses
Leur cajol, leurs attraits charmeurs
Ris, fards, & regards rauisseurs
Leurs finesses, leurs pomperies
Leurs passe-temps leurs railleries
Leurs secrettes esmotions
Leurs desguisees passions
Leurs souspits feints, leurs larmes feintes

Le flatter de leur douces plaintes,
Les bons coups qù'ils font à l'efcart,
Leurs Seruantes de chambre au quart,
Leurs coiffeures, leurs mafquarades,
Leurs maffepins & mammellades,
Leur chaud Satyrion confit,
Et autres efperons de lit.
Mais abbatons là grande arraigne
Qui chaffe aux bidets d'Allemagne,
Et cét autre qui en cè coin
Eftend fes voiles de fi loin :
Voyez-vous ces quatre arraignees
Comme elles font embefongnees,
A tendre leurs rets aux paffans,
Allons donc viuent houffans,
Cette petite libertine,
Elle eft chafte comme Fauftine,
A de fon venimeux poifon
Gafté mainte honnefte maifon :
Sus donc qu'elle foit balloyee.
Cette place eft bien nettoyee,
La plus groffe ordure eft dehors,
Allons vifiter d'autres bords,
Et chaffons de nos Republiques
Les Hiftrions, les Empyriques,
Les beuueurs de vin par excés,
Les rajeuniffeurs de procés,

Sollicireurs,

Solliciteurs, faiseurs de clauses,
Bailleurs d'aduis, vendeurs de causes,
Les Zizames, les Arabins,
Les grands babillars aux festins,
Les Carneades, les Sophistes,
Les Sarcophages Atheistes.
Tous ces nouueaux reformateurs,
Et ces Alchymistes souffleurs
Qui (pour vn lingot sous la cendre)
Trouuent vn licol pour les pendre,
Nous voulons aussi balloyer
Le Rigistre qui sçait ployer,
Les Bergers qui ont deux houllettes,
Les collations de sœurettes,
Tant de baiser par charité,
Et petits presens de pitié,
Et autres pratiques deuotes,
Les causés de tant de riottes,
De tant de lits priuez d'amour,
De tant de pains perdus au four,
De tant de napes esgarees,
De tant de mantes deschirees,
De tant de lardiers tous vuides,
De tant de scandales semez,
Qui font rire à pleine gorge
Les Sainéts de la nouuelle forge,
Car parmy ses deuotions

C

On voit bien peu de Stations
Paules, Marcelles, Fabioles
Et de femblable Chriftiçoles
De Sainćts Hierofme encor moins,
Chaffons encor tous faux telmoins,
Tous examents fignez fans lire,
Le Pefcheur qui à toute main
Prend tout poiffon auec fon ain,
Les Medecins qui font trop riches,
Les Pharmacopoles trop chiches,
Les Chirurgiens trop pireux,
Les Pages qui font trop honteux,
Vne Nourrice trop fongearde,
Vne Nonain trop fretillarde,
Vn Confeffeur trop indulgent,
Vn Conneftable negligent,
Vn Secretaire trop polixe,
Vne trop jeunette obftetride,
Vn Braffeur prés de mauuaife eau,
Vn Patiffier prés d'vn bordeau,
Vn Boucher de puante haleine,
Vne feruante trop mondaine,
Vn Efcolier prés d'vn tripot,
Vn Tauernier aupres du pot,
Vn Meufnier prés de fa tremie,
Vn Ialoux prés d'vne Abbaye,
Nous chaffons auffi les Sorciers

Nourriſſons d'eſprit familiers
Permutations Clericales
Bigamies Sacerdotales
Les alliances de Nonains
Aduocats prenans des deux mains,
Procureurs qui ſont ſans malices
Sergens qui doiuent leurs offices
Greffiers qui babillent ſouuent
Les Commis qui n'ont point d'argen
Le Iuge qui n'a qu'vne oreille
Celuy qui dit, à la pareille
Le Regent qui ne feſſe pas
Valets trop long-temps au repas
Laquais cheminans des machoires
Tabellions ſans eſcritoires
Le Receueur qui s'appauurit
Le Financier qui s'enrichit
Le Poëte qui tient de la Lune
Le Chantre qui tient de Saturne
Le Contemplatif jouial,
Le barguigneur Mercurial
Les Enucques qui veulent frire
Cocus qui veulent d'autres cire
Begues qui veulent diſcourir
Les boiteux qui veulent courir
Aueugles iuger du viſible
Sauetiers qui liſent la Bible

Les femmes qui veulent prescher,
Ladre qui craint l'autre toucher,
Cordonniers portans les pantoufles,
Les chats qui veulent porter moufles,
Sur tout gardons nous aujourd'huy
De l'enuieux qui loüe autruy,
Du pourceau qui dort sous la table,
Du Loup qui fait du charitable,
Du Singe qui berse l'enfant,
De la Mousche sur l'Elefant,
De l'Ours qui nous monstre sa patte,
Du Renard qui les poulles flatte,
Du Lyon qui a beu du vin,
Des Syrennes de Farmessin,
Du Cancre qui hume les huistres,
Et des Asnes de Franc-arbitres;
Il se faut conseruer aussi
Du ris du Tyran endurcy,
Des larmes d'vne Courtisane
Des finesses de la chicane,
De la baguette d'vn Huissier,
De la nauette d'vn Tyssier,
D'vn qui pro quo d'Apoticaire,
D'vn & cetera de Notaire,
Des blandices d'vn macquereau,
Des accolades d'vn Bourreau,
De l'Inquisition d'Espagne,

Des

Des coupe-bourſes de Bretagne,
D'vn fé de dé d'Italien,
Et d'vn certe à bon eſcien,
D'vn veritablement de traiſtre,
Et d'vn chien qui n'a point de maiſtre :
De la main d'vn bon Eſcriuain,
De la cuiſine d'vn Vilain,
Du couſteau du Flamand yurongne,
Et du cap de Dious de Gaſcongne,
Du Sacrament de l'Allemand,
Et de la fureur de Normand,
De la grotte Sauoiſienne,
De la crotte Pariſienne,
De la verolle de Roüen,
Mais nous voicy à ſainct Aignen
O ! Dieu que d'ordures eſtranges,
Que de culs cachez dans les granges,
Que de bons Ians, que de jambons,
Que de bouteilles & de flacons,
Que de fleurettes refoulees,
Que de filles deſpucelees.
Que de beaux collets desfraiſez,
De buſques rompus, ſeins briſez,
Que de mains ſous les vertugades,
Que d'andoüilles, que de ſallades,
De jonchees, de ceruelats,
De tables, de pots & de plats,

D

Que de fringantes Damoiselles,
Que de tintamarre de vieilles,
Que de viollons, que de haut-bois,
Que de putains dedans les bois,
Que de collerettes rompuës,
Et que de fesses toutes nuës,
Que de beaux tetins descouuerts,
Que d'enfans auront les yeux verts,
Qu'il faudra eslargir de robbes,
Et d'esplisser des garde-robbes :
Que de baptesmes clandestins,
Que de peres, que de parains,
Balions donc ces villenies,
Ses danses, ses folastreries,
Ces blanques, ces jeux de hazard,
Ces discoureurs d'amour a part,
Ces viuandiers de Foires franches
Tauerniers pour quatre Dimanches
Et chassons encor au balay
Ces beaux tireurs de Papegay
Que leurs arcs, & leurs cordes roides
Abbatent les roupies froides
Qui pendent au nez morfondus
Des enfans de Cauls refondus
Or voila bien des places nettes
Nos tasches seront bien-tost faites
Il ne reste qu'a balier

La loyauté du Cousturier
La paresse du laquais Basque
Le trop grand courage d'vn flasque
Les goutes d'vn jeune sauteur
La grand' blancheur d'vn Ramonneur
Le trop grand silence des femmes
Les bastards des chastrez infames
Mais sur tout dechassons ailleurs
Ces fols Poëtastres rimailleurs
Dont la rime est si mal limee,
Et la lime si mal rimee
Qu'vn bon rimeur en rimaillant
Relime leur rime en rimant
C'est fait, allons quittons l'ouurage
Ne nous lassons point dauantage :
Hercul bien empesché seroit
Si toute la terre il vouloit
Rendre d'ordure repurgee
Comme il fit l'estable d'Augee.

F I N.

Quoi donc risque en rimaillant
.... en rimant
Quoi! allons, allons chercher l'ouvrage
.... point d'avantage:
.... rien n'empêche feroie
.... il voulait
.... chargée
.... Fable d'Auger

I M